精鋭作家川柳選集

Senryu magazine Collection
Shineisakka Senryu Selection

関東編

精鋭作家川柳選集

関東編■目次

精鋭作家川柳選集

関東編

新井千恵子

Arai Chieko

季節が変わるごとに何かしら発見がある。桜に酔い啓蟄の蟻やみかんの木で羽化した蝶になったりして川柳と遊ぶ。

魔女にもシンデレラにも大好きな花にもなれる五七五はおもしろい。何となく私の人生の一部になっている気がする。

恋模様スカッと男競り落す

一雫ワイングラスを見る孤独

風に乗るタンポポきっと自由人

突風に枯葉がダンス踊り出す

ネット族国境線を擦り抜ける

紫の風が私を蝶にする

隠れんぼしても見付かる沈丁花

彼岸花母かも知れぬ温い風

わたくしを解凍してる聞き上手

ピーラーに裸にされてゆく林檎

蝶の羽化魔性のような黒揚羽

人形の振りで諍いから逃げる

美辞麗句嘘だうそだと聞いている

嫉妬かも知れない曼珠沙華燃える

合コンにガラスの靴を履いて行く

連弾の調和ワルツが心地良い

落ち椿誰かが波を立てている

ロボットに五臓六腑を乗っとられ

百均のグラス包装紙が騙す

命綱たどると蜘蛛が顔を出す

春風のノック背中を押してくれ

鏡から修正液を渡される

変身が好きな女の七変化

油蟬一二の三で鳴き始め

風花に心残りの綿帽子
乗ってけと若葉マークに誘われる
遠花火会えない人のように消え
ロゼワイン饒舌という魔法くれ
優しさに惚れて低温火傷する
押したのは微風揺れているブランコ

五十嵐淳隆

俳句の世界でも昨今、有季定型にこだわらない現代俳句が勢いを増しているようです。

タレントさんの俳句を査定して添削するテレビ番組でも、今や季語を取り入れた状景の描写だけでは飽き足らず、擬人化やヒト臭さをプンプンさせる俳句が佳吟となっているようです。これはもう俳句がその存在に行き詰まって、どんどん川柳の領域に雪崩れ込んで来ている証しと考えられます。

そうなると、これでもかこれでもかと難解な句をこね回している川柳も安閑としてはおられません。

一読して、どなたにも理解していただける平易な川柳を幅広く発信して対抗していかなければならないと痛感しています。

《我と来て遊べや親のない雀》のような。

何時か来る戦力外という試練
兎小屋隣家の妻に起こされる
エリーゼのために近所が眠れない
家系図の穴が戦後を語り継ぐ
客間へもチンが聞こえるオモテナシ
今日明日の命へ神も添い寝する

今朝はもう出掛けないのと靴が訊き

原発に穿かすおムツが見当たらず

国会があると停滞する政治

寂しげにシュワつく下戸のハイボール

ジェネリックですと売り込む二度の職

出世道人身事故がよく起きる

ショボショボの眼ではウロコも落ちにくい
スマホしていない僕だけ上を向く
大国に一両損の智恵が無い
突き飛ばし突き飛ばされて住む都会
電線を埋めてカラスを困らせる
天引きの給料骨と皮でくる

晩学のおかげで鬱の字が書ける

反抗期戻って来ないブーメラン

氷柱の花は濁世に出たがらず

ひらめきを溜めて海馬の餌とする

べいごまとなれば昭和の独り勝ち

ぼろぼろの地図から門出した昭和

無知よりも数段タチの悪い無恥

来年も会おうと言った人は居ず

ランドセルだけは揃った養護園

露風の碑知るや群れ飛ぶ赤とんぼ

若い頃会いたかったと思うキミ

わざわいに女の口が落ちている

大竹　洋

Otake Hiroshi

柳歴十五年になりました。

三日坊主の私が今や川柳漬けです。何故続いているのか判りませんが、要は面白いからです。「NHK川柳講座」の言葉通りだと思っています。

…ズバリ斬る、ホロリ泣かせる、チクリ刺す、ニンマリ笑う、ポンと膝打つ…。

「句会育ち」だと自認しています。

句と句が感応し合う機微のようなもの、その化学反応が何とも言えません。感心したり、共感したり、たじろがされたり、小才を利かせた自句を恥じたり…。

「ポンと膝打つ」。一句を仕留めた時の醍醐味は別格です。

世の寒さ温めなおす囲み記事

愚痴話銘々皿に取り分ける

ポンと肩コーチに貰うプラスネジ

クリニック職業欄の無い会話

年の功重い話を軽くする

金庫番への字の儘で飯を食い

かみさんのお陰と思う医者知らず

家計簿の備考に妻のドキュメント

食卓がフツーの舌である平和

朝ごはんカタカナばかり食べている

普段着のデートそろそろゴールイン

単線がセーラー服の朝になる

お互いに暇だと思う散歩道

失敗に貰う明日への磨き砂

均等法パパは朝から台フキン

我ながらよくまあ続く酒修行

何時だって以下同文の湯に浸かる

向かい風妻の背中でセミになる

欠席の理由膝腰エトセトラ

不用意な口が女房の尻尾ふみ

錆止めのクスリ今夜も二合つけ

ただいまの声が大きい二重丸

ＯＢ会昔のアゴが指図する

論文のヘソへコピペを張り付ける

大竹　洋川柳抄

脇道を歩く無骨に花が咲き
嫁姑スープが冷める距離が良い
老いらくが洗い晒しの春を着る
さりながら天下無敵にするお酒
無遠慮に人の顔見る歳になる
いい夢を見た顔してる紙おむつ

岡さくら

Okasakura

川柳を趣味に選んで二十年になるが「されど川柳」、簡単なものではないと知る。人間を詠むには、のほほんと過した私にはすぐネタ切れである。

しかし平成十四年から川柳マガジンを愛読し沢山の部門に驚きながら挑む事になり、特に印象吟や十四字詩などは右脳左脳がよく働き、指もよく動くので、ボケ防止には最高な趣味である。そして県内結社の川柳大会、全国大会などには出来るだけ参加するようにしている。人との出会いの楽しさが味わえる。

毎日台所のテーブルで作句している。飽きない、疲れない、だからこそ続けられる。人生百年時代、まだまだ頑張れる鉛筆である。

進化するヒトの頭脳が計れない
脳味噌の萎縮ことばの種を蒔く
失敗の種になるから耳掃除
化粧一枚鯖を読むバースデー
肉食の妻は元気で今日も留守
いい嫁を演じ茶の間はいつも晴れ

書きたくて生きたくて十年日記

五体みな手の平に乗る処方箋

残高を覗き命の見積書

コンパスの輪の中で足る衣食住

身の程の幸せ鍋を光らせる

のんびりと生きて時計は飾りもの

玉手箱開けるがごとく廻り道

未知なる町へ初恋に似る鼓動

村の鍵錆びて語らぬ道祖神

定形に背く景色へ途中下車

瘡蓋の中は立ち入り禁止です

境界の風は十色の味がする

じゃがいもの芽からワルツのラッタッタ

包丁のズボラ三分クッキング

ピーピーと叫ぶ薬缶の反抗期

どんな料理も妥協するフライパン

エプロンにするかそれとも割烹着

顔を出し叱られているマッチ棒

子が巣立ち明日は喜劇の一ページ

人間を小さくさせる蟹料理

痩せる気を実りの秋に拉致される

安心という贅を知る水の音

大仏の手に乗せたがる懺悔録

天と地の自由を選び樹木葬

梶野正一

Kajino Shoji

盆栽と川柳

四十年程前からの趣味として、盆栽と短詩型川柳を続けている。盆栽は、原木に習い一本一本の個性に合わせ、数十年という年月をかけて枝葉を矯正し、整姿となるように地道に育てる。

川柳は、十七音の文芸であり、限られた文字の中で、字句の表現を様々に考えながら、推敲を重ねて整えていくが、長い年月をかけて抱いてきた理想の整姿がある。

盆栽と川柳は、この点が似ており、無限の広がりと夢を感じる。今後も双方の小宇宙に思いを込めて、末永く続けられればと考えている。

骨太な父の鋳型を抱いて寝る

人間を笑うペンペン草の性

寝て起きて今日の歩幅で今日を生き

てきぱきと熟して人は一を知る

記念日を子等が仕掛けたサプライズ

雑魚で居る限り流れに逆らわぬ

風向きへ踊り損なうヤジロベエ

心地良く草笛に乗る里の風

喜寿の坂越え百歳へ夢紡ぐ

核心を射すとペン先踊り出す

人間を寄せぬうねりが胸を打つ

鉛筆からポトリと夢の色を溶く

あれこれと夢が広がる旅カバン

自分史の舞へ誇れるエピローグ

ライバルの性根はきっと腹の底

古稀を過ぎ亡父の苦言に諭される

人生のラストゲームで悔いを知る

失敗を重ね少年脱皮する

こざかしい知恵に溺れているヒト科

三つ指をついて迎える妻の乱

百体の像百人の貌で彫る

人として生きるオーラに魅了する

雑踏のノイズに飽きて里がえり

百歳の美的は百の自然体

人生のうわべを生きた美辞麗句

不器用な指十本に血が通う

人間の脆さを知った日の迷い

かあさんの音一日の幕があく

吹く風に踊り上手なヤッコダコ

亡父の樹を叩くと父に逢えるかも

加藤ゆみ子

Kato Yumiko

一読明解の作品よりも、読み手の人生や感性を重ねることで膨らむ…そんな句に惹かれる。読んでくれた方の中で発酵していくような句が詠めればと願っている。

季語という共通認識を持つ俳句や、七・七の分だけ余計に情報を伝えることのできる短歌に比べ、川柳は潔い文芸だと思う。わずか十七音で、ゼロから想いを紡がなければならない。それこそが川柳の醍醐味であり、その深みから抜け出せずに日日もがいている。できればもう少し制約がなくなると嬉しいのだが。

中の句や下の句の字余りが嫌われ、ルビや記号・一字空けも好まれない。十七音でもリズムの悪い句もあれば、字余り・字足らずでもリズムの良い句もあるような気がする。

空が澄むキリンの舐めたところから

色見本あふれるほどに抱え春

桐壺の巻に始まるショータイム

ご機嫌な喃語を乗せたベビーカー

大海に出ましょうシャーレなど抜けて

思春期の夢は方眼紙を嫌う

開ききり孔雀は月になるつもり

寝転べばほーら地球を背負っている

女子会のポップコーンが爆ぜている

胸の隅貸してください雨宿り

ゼラチンの愛がプルンと揺れている

ファインダー越しなら直視できる薔薇

蜂鳥になってあなたへホバリング

待っててね上手に焦げ目つけるから

どうぞそのまま棘が抜けたら君じゃない

公式のとおりなら恋みのる頃

アドレスが海の底から戻らない

人生の途中オセロの白と黒

ひらがなで散るまでひらがなを生きる

まだ何かできそうな気にさせる虹

祈るため母になったのかも知れぬ

夕景の中でいのちの色に逢う

平穏な日を予約する炊飯器

生きていく何台もバス乗り継いで

どの夢もふるさと発の銀河行き
治癒力という強かなものを持つ
一つだけ下さるならば平和な日
ペン持てば書く　羽あれば飛ぶように
幸せは水のかたちで水のいろ
ふるさとに残る私の滑走路

北島 澪

Kitajima Mio

自由が好きだ。自由への羨望はあるけれど、自由は容易く使いこなせない。自由は不自由だ。不自由の中にある自由が丁度いい。だから十七音の心のメッセージに囚われたのかも知れない。

私を支えるものとして大好きな詩がある。『自分の感受性くらい／自分で守れ／ばかものよ』と茨木のり子に喝を貰い…高見順の『われは草なり／伸びんとす／緑の己れにあきぬなり／緑の深きを／願うなり』に根っこを張ってと励まされる。

そして、工藤直子の詩のように『だれかにあいたくて／なにかにあいたくて／見えないことづけをにぎりしめているように』と、この先も私の川柳を求め続けていけたらいいと思う。心のアンチエイジングにも効果がありそうだから。

世界一きれいな蕾いのちです

緑児にスクスクという種がある

かざぐるま風を夢中にさせており

六月の空蹴飛ばしてブーランコ

洗面器母なる顔を掬い上げ

アリガトウ手話が心に谺する

ひとりだと気付くラジオを消した夜
ブラックが都会の夜景作り出す
カジュアルな誘いシュールに蹴飛ばされ
言い訳はマトリョーシカのようなもの
アルバムの夏の一日《ひとひ》は光編む
ココロってちっともじっとしていない

最高のサプリメントは恋なのだ

ひらがなでひそやかにかくこいごころ

道ならぬ恋共謀罪という名

感情線ブレーキ痕のない手相

影がほら君の居場所を探してる

花冷えへキスひとつしてイイですか

ｉｆという明日へ軽き我が命

朝刊の見出しにオハヨウが悄気る

改札の先へカオスが溢れ出す

すっぽりと炬燵の中の堕落論

汚染土と呼ばれて土に還れない

鬼は外寂しい鬼が刃振る

可視光の森に迷って無垢になる
感性のアンテナ圏外が増える
美しい数式君を解けぬまま
こんなにも感情的な秋の空
対角のふたり孤独を向かい合う
ボブディラン僕には僕の風がある

近藤紡藝

Kondo Tsumugi

川柳作家だった祖母の影響で、短大時代に大西泰世先生の講座を
受講したのが、川柳を始めたきっかけです。
その後ブランクを経て川柳と再会し、年齢、性別を越えた先輩方、
お仲間に恵まれ、毎日楽しんでいます。
いつもありがとうございます。
これからもよろしくお願い申し上げます。

はつ夏の風に私を解き放つ

夏が来る恋だってフルスロットル

江戸切子夏の光を閉じ込める

雨の午後きみの匂いとサラ・ヴォーン

夏の恋日に灼けた肌褪せるまで

Don't disturb最後の恋だから

羽ばたきが聴こえる春の子供部屋

咲き誇れいのち生きとし生けるもの

野の花に問われる幸せの形

ふたり酌む何も要らぬと言う父と

新米をとぐ軽やかに厳かに

秋の海いにしえ語り繰り返す

ペン先を濯ぐと溶けてくる言葉

交差点忘れた夢とすれちがう

ふれたくてふれられたくて月おぼろ

人生の岐路に祖父母の道標

年を重ねるしなやかにしたたかに

風に立つ今人生のどのあたり

また明日私に還る場所がある

胸奥の明日を照らしている祈り

ひとすじの光が胸底に届く

腕を組む心をこぼさないように

まだ翔べるだろうか翼ふるわせる

次の風吹けば飛び立つ覚悟です

さくらさくら来年もまた逢いましょう

旅立ちを祝う優しい風が吹く

ごきげんよう笑って会えるその日まで

あなたがずっと幸福であるように

最後の最後は人間「愛」だって

ありがとう　ありがとう　ありがとう

酒井青二

Sakai Seiji

川柳を読むのは好きだけど、作るのは苦手とおっしゃる人はけっこういる。こういう人は吟社には入らず新聞や雑誌を見て楽しむ。

埼玉県には十前後の吟社があるが、殆どが三十人程度の小規模吟社、このまま行けば消滅してしまうのではないかと危惧する。その一方で新聞や公募川柳は増加の傾向にある。原因を考えた時、まず浮かぶのは高齢化である。今や各吟社の平均年齢は八十近くなる。これでは危ういのはあたりまえ。

当吟社が産声をあげたのは平成二十一年、川柳に無縁の人達を集めてのスタートであった。毎月の雑誌に添削講座を設けて十年が過ぎた。今では市内二カ所、市外に二カ所の教室が出来た。さいたま文芸賞に入賞する人も出てきた。

人間になりたい神がいた昭和

駆け抜けた昭和得たもの捨てたもの

追憶を辿れば母の海に着く

泣き砂を握ればこぼれ落ちる悲話

あれは野火まさに男の鎮魂歌

眼白来て郵便が来て休刊日

ゆるやかな勾配がある春の坂

菜の花のほかに何も見えぬ村

野を走る風が置いてく花ことば

山頂の風が譜面を秋にする

うたかたの旅を続ける花遍路

花ほろろほろろわたしの恋終る

夜汽車泣きながら故郷の灯を離れ

もう二度と逢うまい雪が降りしきる

どこまでも続く無題の旅日記

誰一人村の秘仏を口にせず

冬苺つぶす憂きことなど忘れ

傷癒えぬまんま鬼灯朱くなる

火の海で喘ぐわたしの影法師

嫉妬心どろり失意が裏返る

風葬の枯野ばかりが目に入り

影法師おまえも同じ傷を持ち

地下街の風を見ている靴みがき

旅一座落葉しぐれの中を行く

人を恋う人が集まる裏酒場

村の子が吹けば草笛よく響き

ひとまわり酌いで新婦の父も酔い

引き継いだタスキ思ったより重い

ポックリと逝きたいものよなあ妻よ

旅日記夢をなくした日で終り

佐瀬貴子

Sase Takako

踠いています

柳歴十八年の「ひよっこ」です。サラ川等を読んで、間口の広さとソフトさに魅せられ、恐いもの知らずで飛び込んでしまったものですから大変、入門書を漁り、カルチャーでは赤ペンを山程貰い、奥の深さと感性の無さにうんざり。でも何故か放り出す気にはなりませんでした。一種の中毒症になったみたいです。

今は机に向かって半分ボーッとしながら句と向き合っている時に一番幸せと遣り甲斐を感じています。「努力は成功の源」なんて嘘よなどと悪態を吐きながら軟弱な句から抜け切れず、感性の目覚めを待つ毎日です。

花好きの人かも蝶が寄って来る

ご機嫌は如何だなんて春の風

心って生き物鋳型抜けたがる

悪女にも惹かれレディーも演じたい

どう転ぶ恋はロシアンルーレット

本当の私伏せ字の中に居る

お〜い雲少しおしゃべりしませんか

離れたくなくてあなたのルビになる

待つ人へ春は本気で駆けて来る

差し伸べてくれた手だもの離さない

多色刷りですねソフトな人当り

温かい手だなご一緒致します

ゴワゴワで強い外装紙も父も

逢いたくて走る逃げたくても走る

冬銀河ピリピリ詭弁叩かれる

南風ばかりじゃ人は育たない

NGもサプリ深層筋になる

生きるって難儀息切れ資金切れ

殻を割る違う自分になりたくて

正解がないから揺れているのです

遅咲きもいいよね夢を見てられる

心して使う時間は非売品

燻し銀みんな上手に老いました

せせらぎに合わす余生の羅針盤

月に降る桜逝くならそんな夜

優しくはしないで雪崩そうだから

銀杏散る私は何を遺せるか

暖めてあげよう夢はまだ卵

晩学の靴は一歩を急がない

もう少し走るぞ影よ付いて来い

柴垣 一

Shibagaki Ninomae

私の川柳十ヶ条

㈠人間について社会について、
つまり生きる事について考えさせられる、そんな句を川柳と呼ぼう
㈡川柳は、事柄以前に魂の真を伝えるものである
㈢作者は仕掛け人、読者は仕上げ人。両者の関係で一句が成立する
㈣まずは他人の句を読み取る力を付ける
作句力はその後から付いてくる
㈤口当たりの良い言葉探しだけの句は空しい。核心が見えないから
㈥普遍妥当性がなければ、評価に耐え得る句は生れない
㈦具象は部分を説明し、抽象は全体を暗示する
㈧川柳を通し発見が無ければそれは時間の浪費
㈨目に見えない真実を探る旅でなくて、何が川柳か
㈩選者を受けたら、川柳の領域を勝手に狭めてはならない
己の小さな世界に萎縮させてはならない

月孤独　狼孤独　影もまた

パレットの霧が晴れると青は死ぬ

群がれば一派　息をすれば一人

カフェオレの海に広がる白い罠

飛び込めば月も溺れる掛け流し

白無垢の富士は裾から春がくる

わたつみに呼び戻されたミモザの死

紫陽花の雨がやんだら別れます

軒先の涙を知るや虹の橋

川底で何を学んできた小石

つながって飛んでトンボの秋終る

いろいろとあったのですね　今　根雪

嘘すこし足すと話にコクが出る

仕上がると玉虫色になる歴史

疑似餌でも魚は釣れるマニフェスト

日照権四角いビルを袈裟に斬る

国と国肩が触れたの触れないの

人間が神を演じて出す裁き

俎板の鯉の涙を見てしまう

鮟鱇にドナーカードは付いてない

ゴキブリに生まれただけで逃亡者

グリーン車に乗ると短い脚を組む

葉の裏に棲みついている自分B

嘘つき！と言った女の厚化粧

人参で走る車を見ましたか

新月の石榴そろって横歩き

抽象の臨界点に湧く虚構

秒読みに入りましたと砂時計

終章へ水の形になる美学

かたちがないから風になるしかない

中島かよ

Nakajima Kayo

私の川柳のきっかけは仲畑川柳です。その後、川柳研究社の渡辺梢氏と出会い入会させて頂き十四年を迎えます。

作句は「川柳研究社」「水脈」「犬吠」「風（十四字詩）」です。「水脈」はエッセイで拙い文章が鍛えられます。「犬吠」は作家人数が多いので、読み出も作り出もあります。「風」の十四字詩は三文字少ないだけで魅力的な別世界です。

七年目の《マドラーで独りぼっちをかき混ぜる》は津田暹氏の「棒」の選で全日本大会大賞を頂きました。知人が「オシャレな句」と言ったのを今でも鮮明に覚えています。一句でも多くの佳句ができるように今後も努力したいと思っています。

ホームの先に遠い約束

クスクス笑うきすうぐうすう

蝶と並んで春の日の午後

目鼻を描いて石のお守り

月のきれいな母の命日

青が好き海の青より空の青

雨ん中身を寄せている池の鯉

イエスかノーか答えるのはＡＩ

玉手箱開けてみました母の声

さわってごらんと悲しみ話しかけ

空白の扉をひらき掃除する

ノーという答えの軽い大都会

幸せにする勘違い行き違い

誰に会いに行こう風に乗れたなら

逃亡も考えているラムネ玉

銀河へのインストールの途中です

殴り書きしてみましょうか青い空

あれこれ悩んでも結末は一つ

笑っても子供のように笑えない

回転木馬に幼き日のわたし

足元を少し明るく韮の花

風吹けば足跡なんて消えていく

クリスマスローズはいつも俯いて

いけいけどんどん心のたれ流し

満天にしろい桜とうす桜

足りなさを残り時間に育てられ

結末の二転三転おことわり

この街が自分サイズに合ってくる

もう青い音色の聞けぬ心です

マドラーで独りぼっちをかき混ぜる

長谷川渓節

Hasegawa Keisetsu

日々の生活の中で感じる喜びや悲しみ、可笑しさや怒りなど、自分の感情を何らかの方法で表現できたら素晴らしいなあと思いつつ、その手段が見つけられないでいました。

そんな時、あるきっかけで新聞への投稿を始めたことから川柳の世界に足を踏み入れました。その後、お誘いを受けていくつかの川柳会にも入会して投句するようになり、川柳歴は八年あまりとなりました。

「今を詠み明日を拓く」をモットーに、日本と世界で現実に起きている問題を句材としながら、少しでも良い世の中を作りたいという思いで作句してきました。また、ユーモア川柳も好きで、読み手にクスクスと笑ってもらえるような作品も作りたいと思っています。

温暖化地球の生理狂わせる
プラごみがじわり地球の首を絞め
感染で世界は一つよくわかり
戦地より被災地が待つ自衛隊
憲法の上にはためく星条旗
九条は英霊たちの鎮魂歌

増税後ショーウィンドウも曇りがち

タンスしか租税回避地ない庶民

虐待の影で貧困闇広げ

便利さの陰で誰かが泣く社会

終活へ本を束ねる母の背

団欒もスマホに席を譲る居間

恐妻家他人の目には良き夫

家庭内力学いつも妻優位

夫婦にも適度な車間距離がある

娘作肩もみ券も期限切れ

還暦の夫婦の隙間孫が埋め

静かさや孫台風が去ったあと

塩味がちょっと足りない定年後

幸せのレシピは愛が調味料

一番搾り二番はどこへ行くのかな

アイドルにゃなれそうもない団子坂

イタリアにありそうでないナポリタン

三分の壁を破れぬカップ麺

Tシャツに噛み付いている二段腹

大河でも小川のごとき視聴率

温度差が百度に近い片思い

ペットロス犬ほどじゃない熱帯魚

還暦も町内会じゃ青年部

書に命翔子の毫は小宇宙

原名幸雄

Harana Yukio

川柳を始めたのは、サラリーマン川柳が切っ掛けでした。上司の態度動作、程度を詠んで多くから賛同を得て川柳は面白い、人を引き付ける文学だと感じました。人を見る事で反対に自分がどう見られているかを感じる事も出来、他人の句を読み自分を客観的に見ることも出来ます。今自分が後期高齢者になって、後どのくらい川柳に携わっていられるだろうかと思います。私の川柳の先生は三人とも急に逝ってしまい、最後の辞世の句を詠む事もありませんでした。私に最初に面白い川柳を教えたのが千葉県の今川乱魚先生でした。ユーモア川柳は大衆の心を引き付けるからユーモアを必ず身に付けるようにと教授されました。世間では真面目な川柳を主とする先生方が多い中、私はユーモア川柳を専攻致します。

無機質な部屋が一輪挿しで生き

喜寿過ぎて歳相応の猫背なり

目分量一期一会の自分流

伏流水地酒になれば天下取る

ただ今と福の神来て生き返る

満ち足りた一日があり明日がある

猫背でもスーツ姿に自信持ち

法律は庶民の味方とは違う

忍耐は男の気骨作り上げ

一病があって生命線が伸び

苦虫が来ても笑顔で出迎える

間引きされ残るひこばえ天を突く

百均の筆で絵画の賞を取り

老いの日々計画みんな先送り

親子です介護の苦労口にせず

酒あって趣味と晩学世は平和

憲改は子供や孫に害が出る

熱燗に熱いオデンが良く似合う

笑顔でも心の棘がまた抜ける

母の味確かめたくて子は帰省

道の駅雰囲気だけで無駄を買う

大雨で前頭葉にカビが生え

さりげなく鏡磨けばシワの顔

謙遜が過ぎると嫌味言葉尻

価値観の違い終活鈍らせる

趣味一つ持って世間を広く生き

妻の掌で踊らされてて世が平和

芽を摘むな松葉が俺に抗議する

介護済み今度は介護される側

脳回路時には過ぎた答え出す

藤巻朱實

Fujimaki Akemi

夫は青空、妻は春風、子どもはヒバリが私の描く理想の家庭でした。今から四十年前、四歳になる長女が登園途中で「お母さんもいい年頃だなぁ」となにげなく言ったのです。いい年頃という言葉にとても、ほのぼのとした温みを覚えると同時に、言葉の加減乗除のおもしろさに興味をそそられ、それが契機で川柳をやってみようと決意した次第です。

自分や家族の未来は、それぞれの掌中に握られています。今この時、人生の人・時・処に相応する時間を保存しながら、言葉の遊びを通して人生の喜怒哀楽等を描写する川柳に戯れて、ただ沈黙の貝になり下がってばかりいないで、これからの余生も明るい趣味の川柳を学んでいこうと思っています。

掬いたいメダカの群れは逃げ上手
地球儀がくるりと廻る子の未来
月並な朝に真向う目玉焼き
生き様を問われる冬のキリギリス
無垢な瞳が母に教えた処世術
虫干しの母の形見に諭される

病む父へ葉桜からの見舞状

針穴を通らぬ糸がもつ未練

青雲へ誓い色付く青りんご

清濁を併せ呑んでる父の猪口

野の花と慰めあった母の花器

涼風を招き小窓のセレナーデ

ヨン様に似ない夫といる平和

登下校無償の愛が旗を振る

夕焼けを消さないい過去のプロポーズ

春の絵を描くには遠い拉致家族

脳トレに行きます老いのランドセル

琴の音に平和な初春を噛みしめる

次世代の風を読んでる親子凧

車窓から見ると呑気な畑仕事

清純な恋に靡いた洗い髪

ぶどう狩りつい口ずさむ武田節

老春の湖へオールは夫と持ち

傷心を癒した母の福音書

同居する部屋で棘ないバラになり

嫁ぐ荷を運ぶ風から貰う春

若人の未来へ贈る反戦歌

ダイエット　ケーキの甘い罠に落ち

新作のドレス縁なきパート妻

伸び代がまだある孫の豆の蔓

ふらここ

写真を趣味としている。始めたのは川柳より少し早く還暦の時だった。世はすでにデジタル、よって私はフィルムを知らない。フィルムの入れ方さえ知らないカメラ音痴だった。そんな私が一昨年、個展を開いてしまう。多少の自惚れと恥を晒す覚悟があればできるのである。同じ調子で今回の企画出版も二の足は踏んだが、三の足は踏まなかった。

写真を撮る時、川柳を詠む時、私の脳内は同じ作業をしている。写真は引き算であり、自分が見せたいものをどう伝えるか、余分なものを削いでゆく作業である。被写体をレンズで追うか言葉で追うかの違いだと思っている。これからも自分という虚ろで捉えどころのないものを追い掴み、その手触りを楽しんでいきたい。

自分史をひとり語りの母と居る

母の音逃さぬように耳を研ぐ

致死量に至らぬほどの毒を吐き

そんなことしか言えぬのか氷雨降る

哀しみが靴の底から沁みてくる

死に水を枯らしちまった花に遣る

自画像は汚点ばかりの点描画

胸の奥ポストイットが付いたまま

若さと老い六十路半ばの汽水域

頑なに黙秘続ける寒椿

パンドラの箱は開けまい牡蠣の殻

理不尽の溶けるまで居るカフェテラス

無添加の男ですからお早めに

ゴミ箱へ薬飲んだか訊いてみる

バンジージャンプあの世見たさにする身投げ

ハイハイをしたことがないお釈迦様

蕗の薹苦み走った顔を出す

常温で自然解凍するしこり

まどろみの中で縺れるきのう今日

読み止しの本は開かぬままに　春

見上げれば薄化粧した昼の月

素っぴんの街が日暮れて粧し込む

叶わぬ夢舌でころがし呑む琥珀

腑に落ちぬ話マドラー弄ぶ

だらだらと咲いちゃならぬと散るさくら

茶飯事を放りあげたい鰯雲

どんな罪背負っているやら亀の甲

何だろう今朝の陽射しの旨いこと

在りし日の少年で居りトマト割る

就活へ廻り舞台の軋む音

松本とまと

Matsumoto Tomato

商売をしていて川柳に巡り合い、商売の傍ら趣味としての川柳を満喫していた。

が突然、趣味の川柳が役目の川柳になった。かぬま川柳会会長になった。経験も川柳力もイマイチの私へ、白石洋元会長が振ってきた。固辞が叶わず、言われた条件は一つ、

「会員を増やしてくれ！」

間もなく満五年が過ぎる。十九名だった会員が、三十名を越えた。苦労したのは、人間関係である。面白くなければ、いとも簡単に去ってゆく。

川柳会ではあるが、川柳の上達よりも協調性、居心地が良くて、かぬま川柳会に入って良かったと思って貰える会でありたい。

お陰様で会員一丸ワンチーム、二月の「いちごいちえ鹿沼川柳大会」を盛り上げている。

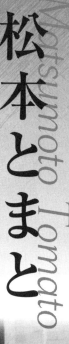

スクロールああ人生の泣き笑い

人生の落とし物かナああ若さ

頑なな心に沁みるみすゞの詩

メリハリのハリを生き貫く十二月

絶対が一つだけあるいつか死ぬ

生き様にあるかも知れぬ倍返し

神様のタイマーセットした寿命

人間味どうしましょうか匙加減

生きてゆく前途多難を楽しんで

仕事泣きしているアリは見当たらず

女対おんな娘をあなどれず

盂蘭盆会母としっかり会っておく

ハートにも取って上げたい休心日

振り返らないと想い出去るばかり

泣きに来た私へ笑いかける山

イントロクイズしているような昨日今日

初夢の大量釣れに釣れに釣れ

大丈夫其処に彼処に福の神

芝ざくら地球を愛で覆いたい

プラのゴミ私も地球泣かせてる

多機能の私であれもこれもやる

翌檜の気持ち私も明日こそ

涸れそうな心へシャワー惜しみなく

愛され癖ですよ桜とサクランボ

突然に永遠のお別れ沙羅双樹

楽しもう今人生の三コマ目

返される手の平もある愛もある

泣き笑いみんな飲み干すカレンダー

上昇の気流へ友の輪が延びる

ニュースには載らぬニュースの中で生き

三浦武也

誰に指示されることもなく始めた川柳です。好きだから目はそちらへ向くのでしょう。人を詠むという川柳ですが、その見方も千差万別です。今、世の中には色々なジャンルの句が流れていますが、「川柳」と言うからには「穿ち」「おかしみ」「軽み」を加味したものとなるべきでしょう。

「良い句とは平易な言葉で優しくてだれにでも分かる」のが最高と言いますが、これが難しいのです。だから挑み競うのでしょう。かつては好きな走りの練習で句を作ったものですが、今ではそれも適いません。

川柳は地域によって句風が異なると言われますが、全国的に統一された方向へ導いてくれるのは川柳マガジンであり、新葉館さんではないでしょうか。

禅杖に打たれ人間目を覚ます

充実の今日を明日の糧にする

連れ添ってじわっと妻の色にされ

若者に理解できない老いの所作

身を削り消しゴム役を母は負う

正直が一番強く手に負えぬ

積み上げた信用驕りからくずれ

自惚れがカルチャーショック受けて萎え

四捨五入できずに悩む一本気

正直を武器にしてゆく生きる道

力むから丸い組織を角張らせ

半値でも味は変わらぬはねきゅうり

恥をかくことも大事な生きる道

決勝へエース温存して負ける

一歩退くそれが出来ない痴話喧嘩

地下足袋に日曜はない農作業

主婦業に休みをくれて主夫になり

定年後マリオネットに仕上げられ

正直な鏡苦手とする老化

時たまはネジを緩めに縄のれん

数独で錆びたアンテナ手入れする

計算は出来ぬ人生意外性

ポジティブに生きた男に瑕疵はない

居心地が悪い代理の指定席

任せたと言って口出す都合主義

正論を吐いて相手にされてない

妻の言うノルマを果たし今日終わる

高齢者向う三軒両どなり

踊ったり踊らされたり金婚譜

真実を口にしてからマークされ

三村悦子

Mimura Etsuko

産み落とした三〇句は、おぼつかない私の足跡。

折れ曲がり挫折した青春の中で、川柳へとその一歩を押してくれたのは、柳人でもあった母です。

戦中戦後を逞しく、愛情豊かに生き抜いた母の片鱗を掬いつつ、これからも、ぽとんぽとんと命の雫を落としていこうと思います。

ぽぽぽぽと咲くふるさとは桃の里

ふる里の山は乳房の温かさ

母といぅかなわぬ汗に育てられ

母は娘へ母の両手を記憶させ

胸底に赤い実落とし母の死よ

寄り添った日々は追慕の海になり

別れとや身の底までもふぶく花

淋し夜は母の命をまとわせる

なつかしい文字一片の愛拾う

ザザ降りへ青春の日が匂い出す

青春の無明走れば傷だらけ

反骨は消せぬ肚から十指から

放浪の果てを夕陽に包まれる

目と耳と頬が故郷の風と知り

ふるさとに立てば根っこが息をする

ノスタルジーあゝひまわりの首の丈

恋しさがここにもひそと花茗荷

風と哭く風に乱れていく命

今を鳴く鳴かねば甲斐のない命

身に沁みる事多くなり花の翳

散り果てる事を紫陽花許されず

生乾きだから涙も落ちてくる

行き行きて見れば鏡に枯野原

うつむいて問えばかなしい手のくぼみ

これがまあ木偶のわたしか空の壺

日溜りで癒す私ものらの性

一介の土塊さえも宿す芽よ

不条理な世へ百蕾という明かり

縺れ糸いっそ丸めて遊ばんか

笑い合うそんなひと日のふかしパン

八木せいじ

Yagi Seiji

　川柳を始めたきっかけは、リタイア後のボケ防止の対策でした。二〇一四年に地元大和市で偶然川柳入門講座のポスターを見つけ、早速連絡を取り、計五回の講義を受講しました。

　その年の夏に地元川柳会に入会、その会の講師をなさっていた川柳「路」吟社の金子美知子主宰（現在は名誉主宰）に勧められ、全く自信等持てないまま、翌年から「路」吟社にも入会して現在に至っています。

　たった十七音で紡ぐ短詩文芸に魅入られました。川柳はやればやる程、面白さが増す一方で、難しさを思い知らされます。日々アンテナを張り巡らせ、感性を磨く事で、穿ちの利いた句を少しでも多く紡ぎ出していければと、いつも胸に刻み取り組んでいます。

アリバイ有るも状況がクロと言う

一日一善しっかり徳を積む

嘘の皮剥かれる迄は白を切り

温度差が有ってギャップが埋まらない

変わらない山河と知己の待つ故郷

食えぬ夢ばかり追ってる獏のオス

口に出したら責任が付き纏う

愚直さは父優しさは母譲り

結論を急げば同じ轍を踏み

現実を知ってロマンも消え失せる

原点に戻れば見える足の向き

しくじりの数多ここらで初期化する

失望と疲弊の募る震災後

自動車が走る凶器と再認知

食ロスに浮く飽食のラビリンス

澄み渡る空に郷愁湧き上がる

成果主義並の仕事じゃ報われず

梅雨どきの不快を払う濃紫陽花

強い思いが障壁を突破させ

出涸らし茶にもそれなりの味が有る

出来過ぎの子供に親の立つ瀬無し

微温湯に慣れて冒険しなくなり

能力の無さをやる気がカバーする

ヒト科にも吠えたい夜がきっと有る

不都合な事実浮き出し遣る瀬無い

弁解が裏声になり嘘が浮く

守るもの有るから人は強くなる

無為無策後には課題だけ残り

やる事が全て裏目で自暴自棄

忘れたい過去を誰もが抱いている

精鋭作家川柳選集 関東編

新井千恵子（あらい・ちえこ）
東京都生まれ。川柳研究社幹事。川柳人協会会員。すみだ川柳同人。

五十嵐淳隆（いがらし・じゅんりゅう）
故池口呑歩師の講座で川柳を知る。その後十年ほど、NHK学園の小金沢綏子教室で川柳を学ぶ。講座の終了と前後して「川柳研究社」へ入会、現在に至る。

大竹　洋（おおたけ・ひろし）
平成16年、NHK川柳講座受講。現在、松戸川柳会幹事長、東葛川柳会幹事、全日本川柳協会常任幹事、東都川柳長屋連店子。

岡さくら（おか・さくら）
茨城県つくば市在住。本名・杉森美佐子。柳歴20年。つくば牡丹柳社、東葛川柳会、999土浦川柳会、川柳信濃川各会員。

梶野正二（かじの・しょうじ）
本名・正二《まさじ》。昭和54年10月に勤務先の国鉄（現在JR）で田中寿々夢氏と出会い、川柳を始める。埼玉県川柳協会幹事・前橋川柳会幹事・全国鉄道川柳人連盟幹事・文芸埼玉選考委員。

加藤ゆみ子（かとう・ゆみこ）
横須賀市在住。川柳研究社幹事・川柳文学コロキュウム会員・川柳宮城野社同人・川柳べに花クラブ同人。第14期川柳マガジンクラブ誌上句会優勝。

北島　澪（きたじま・みお）
オープンカレッジ川柳講座（江畑哲男講師）を経て平成26年東葛川柳会に入会（現在幹事）。他に印象吟句会銀河、川柳マガジン、犬吠誌。柳歴六年。埼玉県在住。

近藤紡藝（こんどう・つむぎ）
神奈川県在住。川柳路吟社・ふあうすと川柳社所属。著書に「川柳句集　紡ぐ」。

酒井青二（さかい・せいじ）
昭和20年、埼玉県深谷市生まれ。昭和50年、埼玉川柳社入会、清水美江に師事。平成13年、川柳空っ風吟社創立。平成29年、埼玉文芸賞選考委員。

佐瀬貴子（させ・たかこ）
昭和21年生まれ。平成13年からNHK通信講座。平成14年からは太田紀伊子先生のカルチャー教室を経て現在は東葛川柳会会員、水戸川柳会会長。

著者プロフィール

柴垣 一（しばがき・にのまえ）
本名・衞一。昭和18年、東京池袋生まれ。現住所千葉県。26歳から50年間、建築設計事務所主宰。わかしお川柳会会長、Uの会会員、（一社）全日本川柳協会常任幹事。

中島かよ（なかじま・かよ）
東京都在住。平成18年、川柳研究社。平成19年、川柳雑誌 風（十四字詩）。平成26年、水脈。平成30年、犬吠。

長谷川渓節（はせがわ・けいせつ）
昭和29年、福島県生まれ。「しんぶん赤旗」や東京新聞、朝日新聞に投稿しつつ、川柳研究社、あかつき川柳会、牛久川柳会会員。川柳マガジンクラブ東京句会に投句。

原名幸雄（はらな・ゆきお）
昭和17年、群馬県太田市生まれ。平成14年、川柳に興味を持ち新聞に投稿。平成18年、太田市川柳協会入会、現代4代目会長在籍。現代水墨画も習得中。

藤巻朱實（ふじまき・あけみ）
昭和23年、山梨県生まれ。漬物の製造販売会社のパート従業員。富士川町文化協会川柳部に所属し、川柳甲斐野社同人。

ふらここ（ふらここ）
昭和26年、東京生まれ。母妻と三人暮らし。平成25年、さくら川柳同好会に入会し川柳を始める。平成26年、川柳成増吟社に入会。平成28年8月、「川柳マガジン」新鋭柳壇卒業。

松本とまと（まつもと・とまと）
平成17年、営んでいるサラダ館のお客の中に、当時かぬま川柳会会長の白石洋氏がいて川柳に誘われる。現在、下野川柳会同人、平成27年より、かぬま川柳会会長。

三浦武也（みうら・たけや）
昭和13年、秋田県生まれ。茨城県日立市在住。平成2年ごろ新聞投句で始まり、地元の川柳ひたち野社から、川柳きやり吟社・下野川柳会に所属している。

三村悦子（みむら・えつこ）
群馬県前橋市在住。所属吟社は前橋川柳会・埼玉川柳社・全国鉄道川柳人連盟・川柳葦群。

八木せいじ（やぎ・せいじ）
昭和26年、東京生まれ。（一社）全日本川柳協会常任幹事。神奈川県川柳協会事務局。川柳「路」吟社副主宰。時事作家協会常任幹事。汐風川柳社同人。

精鋭作家川柳選集
関東編

○

2020年 8 月 7 日　初　版

編　者
川柳マガジン編集部

発行人
松　岡　恭　子

発行所
新　葉　館　出　版
大阪市東成区玉津１丁目9-16 4F　〒537-0023
TEL06-4259-3777㈹　FAX06-4259-3888
https://shinyokan.jp/

印刷所
第一印刷企画

○

定価はカバーに表示してあります。

ISBN978-4-8237-1031-5